Direction littéraire : Alain-Nicolas Renaud
Couverture : Clémence Beaudoin
Mise en pages : Chantal Landry
En couverture : *Ducharme à bicyclette*, collage de l'auteur, 2023

Catalogage avant publication de Bibliothèque et Archives nationales du Québec et de Bibliothèque et Archives Canada

Titre : Si affinités / François Hébert
Noms : Hébert, François, 1946-2023 auteur.
Description : Poèmes.
ISBN : 978-2-89648-163-7

Données de catalogage complètes disponibles auprès de Bibliothèque et Archives nationales du Québec

ÉDITIONS DE L'HEXAGONE
Groupe Ville-Marie Littérature inc.*
Une société de Québecor Média
4545, rue Frontenac
3ᵉ étage
Montréal (Québec) H2H 2R7
Tél. : 514 523-7993
Courriel : vml@groupevml.com

DISTRIBUTEUR :
Les Messageries ADP inc.*
2315, rue de la Province
Longueuil (Québec) J4G 1G4
Tél. : 450 640-1234
Téléc. : 450 674-6237
*filiale du Groupe Sogides inc., filiale de Québecor Média inc.

L'Hexagone bénéficie du soutien de la Société de développement des entreprises culturelles du Québec (sodec) pour son programme d'édition.
Gouvernement du Québec – Programme de crédit d'impôt pour l'édition de livres – Gestion sodec.

Nous remercions le Conseil des arts du Canada de l'aide accordée à notre programme de publication.

Dépôt légal : 3ᵉ trimestre 2023
© L'Hexagone, 2023
Tous droits réservés pour tous pays

edhexagone.com

Si affinités

François Hébert

Si affinités

Poèmes

l'Hexagone

Tout est si peu.
Pessoa

LA PORTE

vous frappez à ma porte
je ne vous ai rien demandé

êtes-vous un forcené
qui court les boulevards
en quête de potins
ou les bars pour drogue
frissons, sexe, etc.

êtes-vous là pour vendre vos produits
sagas haïkus saynètes
ou me soutirer à l'Halloween
des *Jelly beans*

ne seriez-vous pas un de ces esprits
doctes ou loqueteux
chagrins
qui pullulent

or nous n'ouvrons la porte
qu'à qui nous ouvre
son cœur

L'ÉCHANGE

Dieu
vous m'avez donné le monde
la vie
et une voix

et vous voudriez
me priver de mes vieilles joies
amours fleurs
en mémoire de votre grandeur

on veut bien mais
les reprenez-vous pour vous souvenir
à votre tour
de moi

papillon
dont ne protège ses ailes
qu'une brise parfumée

L'HORIZON EST UNE CORDE
À DANSER

ohé les pelleteux de nuages
les gratteux de guitare
faites de l'air on en manque
et de musique en toute chose

ohé ohé l'albatros
le pélican la frégate et la mouette

stayin' alive
stayin' alive

ohé Baudelaire
vous portez le ciel sur vos ailes
fantastiques

L'ÉTRANGE SHAKESPEARE

si on est mort on ne peut
me répondre à cause de la terre
qu'on a dans la bouche
avec les vers

mais si on m'interpelle
quand je ne demande rien
n'étant pas moins mort
c'est la fin
de ce qui n'aura pas commencé
en ce poème
qui n'admet au tourniquet de la parole
personne
à proprement parler

on peut toujours s'écrire

dans un courriel en effet
mon amie Judith
l'appelle

Willy

qui rit de nous depuis des siècles

UNE THÉORIE (ASSEZ SIMPLE)
DE L'ARBRE

veut (je veux) Dieu pour m'expliquer que
le *big bang* (son shrapnel)
se soit éclaté pour faire la lumière
sur rien (ni personne) ou sur un peu d'eau
et faire du temps (son éternité)
le présent (*streaming* devenu)
et faire ruisseler son eau (à partir de son sang)
et le vin couler (à flots) dans les mariages
(pour favoriser les naissances)
et que (bientôt) Dieu soit mort
en son missionnaire (dévoué j'avoue)
pour donner (en trichant) l'exemple
aux vivants de la mort (abnégation
je ne nie pas) et de l'amour humain (qu'est-ce
qu'il en aura su lui) quand on sait que
c'est l'humain (et l'humaine) à la fin
qui (veut veut pas) se sacrifie
(c'est la pâque) pour racheter Dieu
à bon prix (et va se pendre à un arbre)

ou bien j'ai tout faux

VOYEZ LE CARDINAL

ne sachant pas chanter
ni penser ni danser

je vous prie
instamment
de m'aider à vous dire
quoi vous dire
vous lire

ni sonnets ni sornettes

quoi sinon
donner à lire du bon pour la santé
de l'âme

du beau sinon
du vrai de vrai

par exemple dans vos yeux
madame
s'y refléterait à l'instant le cardinal
passant en rase-mottes
dans mes yeux

rougis par la lecture
l'âge

cernés
par les chagrins

SOYONS SÉRIEUX

avec le spin des ouragans
feux de forêt fonte des glaciers
où filer

si les temps courent après nous
dans les nordets de la rumeur venteuse

les chapeaux s'envolent
les jupes se soulèvent

mais les masques
ne tombent pas

bérets verts gilets jaunes
kippas burqas

guerre des tuques

POUR DÉROULER UN SONGE
D'ANNE HÉBERT

le dieu-soleil Amon-Ré s'empourpre au soir
et remet son trousseau de lueurs
au concierge des ombres
des macchabées et des dormeurs
le scarabée lunaire

dans la nuit frisquette et le son des criquets
tambourins cordes et sistres
vents gels et neiges d'antan

Ptah palpite et Thot il papote
d'où leurs noms (c'est moi qui traduis)

Nout est la star des danseuses
des cambrures orbitales
l'arc-en-ciel l'aurore boréale les perséides

Horus a l'œil et Seth est le sicaire et Bès
il fait de la bedaine on est en famille

avec Isis la vie était belle
avant l'indienne l'alexandrine la gréco-romaine
avant la sainte famille puis l'américaine
la vie devenue bébelle
sainte flanelle

dans son éternité Ramsès prend ses aises
dans sa momie et Toutânkhamon

est un homme en or et Néfertiti
est belle en titi

tout ça pour dire que pendant ce temps
une jeune poète dort
dans son *Tombeau des rois*

LA FIN DE JONAS

ô vieil océan misère
shooté de polluants
tout piqué de seringues
bombardé de pilules
anticonceptionnelles

ô mes bonnes vieilles baleines
que les filets enserrent
ou qu'elles prennent dans la gueule
avec tous leurs agrès
nul Dieu pour vous

qu'est l'homme devenu sinon
ti-Joe crawlant
dans les microplastiques

caviar d'apocalypse
dernier cri

À L'ÉCOLE DE LA VIE

> La rumeur des enfants qui
> jouent couvre tous les bruits
> du monde.
>
> Christian Bobin,
> *L'épuisement*

on ne traverse plus le Nil à gué
mais on a fait du chemin
depuis Tintin

avec Goldorak et Splinter
et le petit Pikachu
si chou

et sans faire d'histoires
beaucoup d'eau coule et coulera
sous les ponts et les rats
barboteront toujours dans les égouts

Dieu merci Bob l'éponge préside
aux destinées des lambineux mollassons
qu'il faut le soir presser
de finir leurs devoirs

en soulignant les mots-clés

et d'apprendre les leçons par cœur

VU À LA TÉLÉ

on vous a à l'œil Kanye West
grâce au positionnement des satellites
de l'astrologie militaire
dont les prophètes annoncent les *news*
qui les arrangent

sports and blood

Jesus freak bipolaire
dans le bureau ovale
d'un Joker

hi guys

manitou
machine à sous

j'ai honte de vous dénoncer
comme un *hacker* évangéliste
dans mon téléprompteur poétique

and this is CNN

WINDIGO

> *à Yvon Rivard*

tandis que le huart hulule
dans la nuit boréale
le géant Windigo descend du ciel invisible
faire semblant de manger les enfants
des Attikameks qui ne dorment pas
et des Blancs que les mouches noires
n'ont toujours pas dévorés

il hante les abords des ruisseaux poissonneux
auxquels on donne des noms conçus pour l'effrayer

tel Novarina dans son théâtre
tel Jean les pieds dans l'eau
baptisant

le Veillette l'Arsenault le Wapposening
le Bédard le du Chasseur le Nastapolk
le Genévrier la Cabéloga le Baribeau le Syroga

il vire fou l'hiver
virevolte et disparaît en poudreries
qui vous ensommeillent dans l'innommable
nuit blanche du monde

LA VIEILLE ÉGLISE

> On ménagera dieu :
> Il est triste.
>
> Marie-Claire Bancquart,
> *Terre énergumène*

entrez je vous prie
c'est pour un vœu j'imagine
santé bonheur

ou chagrin
confesser un crime
une émotion

venez
sous le présentoir il y a des allumettes
pour les lampions

vous êtes venu
pour un miracle peut-être
mais la paroisse est pauvre

Dieu n'a pas les moyens de Moment Factory
pour l'éclairage de la crèche
la peinture de la voûte s'écaille
les ors sont éteints les statues défraîchies

mais vous voilà c'est déjà ça
parlons bas l'église est écho
et prient encore
dans l'ombre
d'honnêtes pécheurs

GIORGIO DE CHIRICO
VERS 1913

à l'heure

quelque chose cloche
dans les rues désertes

tout cloche
il cloche

longe des colonnades
croise des statues

les façades penchent
les arcades se referment

il a la guerre en tête
mais la cravate ajustée

découpe les ombres
au scalpel de ses yeux

saigne dans le soir froid
signe l'effroi dans ses lignes

il va se passer des choses
on voit venir un train

l'horloge du beffroi sonne l'heure
d'un rendez-vous manqué

QUE

le tic-tac
dans le quartz de la Swatch
aux quarks spartiates

stridulations
de criquets cigales

l'à rebours du cœur sur son départ
pris de vertige devant les montagnes russes
de l'électrocardiogramme
poussif

du sable crissant le soir dans les yeux des enfants
qui se les frottent
pour ne pas sombrer avant la fin du conte
dans la fin des temps

ENVOLÉE LYRIQUE

on a déjà eu des cheveux

le toupet d'Elvis gominé au Brylcreem
a lil' dab'll do ya
le vent dans les voiles
an all the gals'll lov'ya

mais ils se sont envolés
avec les pellicules
dans une bourrasque d'ailes brisées
de papillons de nuit

CAPE COD 1960

quand la nostalgie gagne
telle une algue raplatie sur la grève
à la filasse gluante aux oignons creux
à l'odeur âcre

que demander au passé
ce pingre
sinon de l'avenir

l'océan devant nous roulant ses houles
comme un boulier de galets d'astres
tintinnabulant horoscopiques

plus loin que loin dans les couchants profonds
dans les torticolis du corail
dans les rouages de l'horizon
jusque dessous le globe par le dedans
(via les trous de crabes)

puis nous rapportant du soleil encore
aux doigts de ronces
sur la grève aux algues poisseuses
à partager avec d'insignifiants insectes
en maraude

scarabées et poètes
vieux et paumés

coquillages
amulettes

LES ACTUALITÉS

ah quand même

c'est l'avis de la dame à l'écran plat
voulant dire aussi bien
misère que ça ira

et les marchés Gérald ils rebondissent ou pas
ah quand même
merci beaucoup Gérald

comme si c'était des trampolines

elle a l'air triste d'une monitrice
de colonie de vacances de Ville-Émard
par un jour de pluie à la télé communautaire

et le climat Pascal ça s'arrange ou pas
ah quand même
merci beaucoup Pascal

DANS LE PARKING DU MACDO

ce goéland la frite au bec
me rappelle René Lévesque
avec sa cigarette à la lèvre

sa main cherchait dans l'air
des choses virtuelles
formait des plans
des figures les peaufinait
puis les défaisait
esquissait
des contours les contournait
comme au crayon de Giacometti
chassait des mouches invisibles
attaquait l'ennemi et s'en défendait
dans les volutes de la clope

tomberait tomberait pas
(la cendre)

sa main finissait par se perdre
au jeu de la fumée
de ses châteaux en Espagne
retombait

et le goéland s'est envolé

ÉCLAIRCISSEMENT

l'obscurité s'épaissit
à la clarté du soleil

la vie est lourde
et la cendre légère

sans la mort dans l'âme
la vie n'est pas drôle et l'espérance
est vaine

tu l'auras su Mafalda
belle astéroïde

que l'étoile éteinte
dort dans la paille
de ses années-lumière

L'AMIRAL DES RUISSEAUX

quand tu mourras Miron de mort un jour
puisqu'il t'a inventé caracolant à son image
Dieu ne va pas voir à travers ses larmes
venter pleuvoir
ne pourra se regarder dans le miroir
va devenir fou
(les cabalistes l'ont assuré
vous allez voir)

Dieu va nous arracher l'homme
et le jeter dans le torrent
ça va faire une petite apocalypse
chez les truites les écrevisses
tout un torrieu de patatras de *cailloux chahutés*

lui faire ça
à l'amiral des ruisseaux pourtant
l'aviron en personne

une pluie de soufre et d'anges
de sauterelles et de pipistrelles
le ciel va se décrocher avec orgues et lampes
nous tomber sur la tête
avec sa poésie de poésie

(selon Jean de Patmos
si j'ai bien compris)

une chibagne de chevaux en furie
aux naseaux pleins de feu et de neige

en espérant que la mort un jour
nous lâche les baskets

L'OFFRE DU JOUR

> C'est à un combat sans
> corps qu'il faut te préparer.
>
> Henri Michaux,
> *Poteaux d'angle*

un jour le poète
et ce sera l'offre du jour
vous apparaîtra en bobettes
au petit matin vous offrira
le bonjour
et le soleil avec du jus d'orange
sur un plateau d'argent

tout ça
de la part du poète
le jour le soleil et le plateau d'argent
comme s'ils lui appartenaient
au poète aux jambes poilues
faute d'iambes épilés

en attendant
vous avez le métro l'auto le vélo
pour aller où aller
faire les choses à faire

en attendant d'avoir à les défaire
le soir au coin du feu
sans Hélène dans le fameux poème

sans Pénélope mais avec
l'annonceuse des nouvelles

pour détricoter la brunante
ô Erin Burnett

remercions le poète pour l'ordinaire
voici des nachos
en attendant les manchettes
et de la crème sure
pour tromper l'ennui

GAGNER SA CROÛTE

1
ainsi donc vous voulez écrire
un roman mais dites-moi
(dit le professeur de création)
à quelle personne

au *je*
dit le premier

mais pour qui vous prenez-vous
au suivant

au *tu* monsieur

le miroir se casserait
au suivant

au *il* monsieur

je préférerais une *elle*
à la suivante

au *nous* je préfère

trop gentil
next

à *vous*
monsieur le professeur

sinon aux *ils*
(diront-ils en chœur)

non non et non
c'est à s'en arracher les cheveux

(vivement la pause)

2

seul Dieu existe
(professa le professeur)

mais les jeunes
(pensa-t-il)
s'en balancent

absolument Il existe
(insista-t-il
un peu nerveusement)

étant la personne grammaticale
en Soi

le seul sujet

(puis se grattant la tête)

le Verbe
(il corrigea)

personnellement je

n'étant qu'adverbe
(se dit-il)

(bafouilla)

L'EXPOSÉ

à René et Ruth

le professeur lui avait donné vingt minutes
l'étudiant n'a toujours pas terminé son exposé

commencé au temps où le structuralisme
structurait les esprits la société l'université
le commerce la chanson

dans la salle aux néons blafards
une douzaine d'étudiants l'écoutent
certains s'en souviendront

l'année académique s'annonçait longue
aux yeux de la jeunesse
qui a tout son temps
mais ne veut pas le perdre

vingt minutes s'écoulèrent
intenses en trouvailles
mais il ne mit fin à son propos
cherchant toujours à trouver
quoi chercher

l'étudiant en grande forme performait
une heure s'ajouta à la stupéfaction générale
sans que le professeur intervienne

s'essaimaient des figures sémantiques
des actants et des adjuvants
parallèles et diagonales
il en dessina au tableau en effaça

on en redemanda
il en redessina

après les trois heures statutaires
certains durent s'en aller
l'on poursuivit le cours
dans le bureau du professeur
l'exposé de l'étudiant fascinait
et le soir tomba pour de bon
quelqu'un nous apporta du café

l'angoisse en étreignit quelques-uns
l'un s'en ouvrit au professeur
nous faudra-t-il monsieur pour la note
accomplir un tel marathon

mais non marmonna le professeur
curieux par ailleurs
de voir jusqu'où irait l'étudiant

l'orateur avait plus d'assurance
qu'un vendeur d'assurances

son ardeur vous gagnait
la nuit vint les néons grésillèrent

au matin ces néons
parurent s'éteindre
et les murs reprendre leur fonction
de papier de nappe de carte blanche
il fallut du café encore
et des muffins

la structure des romans
tenait le coup
les tenants et les aboutissants fonctionnaient
mais quelque chose clochait dans le corpus
ou ne clochait pas
allez savoir quoi

la journée suivante parut moins longue
à cause du brio de l'étudiant
qui enchaînait les prédicats
comme personne

dans les romans à l'étude
le décor décorait la nature les cuisines
le temps s'écoulait temporisait filait
il y avait de l'action de la passion
et des pauses
chaque personnage personnifiait à merveille
le suspense vous suspendait au clou de la soirée
c'est-à-dire au dénouement
cependant reporté

un roman c'est long blagua quelqu'un

on perdit des joueurs
l'un avait cours chez Proust
l'autre était mère célibataire
et la gardienne avait fini ses heures

et s'il devait n'en rester qu'un

l'orage ne perturba guère
les travaux ni le feu sacré de l'étudiant
sinon nous n'aurions pas été là
à l'écouter encore

quelqu'un texta je rentrerai tard

les heures ne comptaient plus
du reste toutes les horloges avaient été retirées
des murs de l'université
à l'heure des budgets comprimés

l'automne progressant nous ne savions
comment en sortir

depuis le premier jour
d'aucuns s'éclipsaient pour le ravitaillement
en sandwichs principalement
savon serviettes dentifrice
et nous allions nous laver à la pause

tant bien que mal nous dormions sur nos chaises
certains par terre
des thèses servant d'oreillers
tandis que l'intarissable
poursuivait

nos garçons se laissèrent pousser la barbe
mais ceux de l'extérieur en faisaient autant
il n'y eut pas à s'étonner
ni à se formaliser que nos filles
ne se rasent plus les aisselles

l'invention du rasoir a changé la vie
du chasseur-cueilleur aborigène
de telles pensées venaient au professeur
quand l'attention se relâchait

c'est trop de café protesta-t-on un matin
mais tous les problèmes ont leur solution
on servit du thé
et des petits biscuits

quand la neige vint
ce fut sans effet sur le cours
l'université étant protégée chauffée
on resta au sec
l'appariteur nous fournissait en craies

notre étudiant suivit son propos sinueux
dans les méandres au tableau
avec les dents de scie de l'inspiration
de nos auteurs en l'occurrence
les romanciers du terroir d'un passé pas si lointain
de même que le nôtre alors
s'éloignait

l'avant-dernier étudiant quitta notre cercle
en s'excusant
s'accusant presque

on en était aux bleuets du lac Saint-Jean
de Louis Hémon dans *Maria Chapdelaine*
d'avant la locomotive
qui le tuerait

le professeur invita chez lui l'étudiant
qui poursuivit imperturbablement son exposé
dans la voiture

aux abords de l'hôpital
la question posée aux romans était devenue
de savoir si l'accident d'Hémon aurait pu être évité

aux urgences on demanda à l'étudiant
de chuchoter son laïus
par égard pour les autres malades
que la littérature ne saurait guérir

le pansement qu'on lui fit à la tête
n'empêcha pas sa pensée de s'exprimer
en schémas géométries algèbres
malgré l'absence de tableau
noir ou blanc

jour et nuit on y resta
malgré les désagréments du système de santé
les grabataires ligotés dans leurs draps
les fantômes des corridors branchés à leur soluté
l'odeur un code bleu
les portes qui claquaient
l'agonie dans la treize
les gémissements et les patates pilées
sans sel

on en était là quant à l'exposé
une somme un sommet
à la fine pointe des connaissances
des définitions supputations extrapolations

inductions déductions contradictions
la diction était parfaite
avec l'addiction la concaténation
les boustrophédons parfois
les fractales mets-en
l'alignement des planètes
l'ajustement des causes et des effets
l'orientation du sud chez les outardes

dans l'hôpital on remplaçait les néons
par peur de la bactérie difficile

dans le roman de la terre *Le Survenant*
que signifiait donc que le survenant survienne
demanda l'étudiant et surprenne tout le monde
comme un tremblement de terre

lucide malgré sa commotion cérébrale
allait-il s'évanouir on le suspectait
périrait-il publierait-il
ses recherches fort avancées
voilà le suspense

un interne vint changer son bandage
le professeur eut un flash

celui-là
il finirait poète

BREF POÈME

à Réjean Ducharme

monté au ciel
à vélo

QUAND L'HISTOIRE VOIT LE JOUR

c'est quand le sapiens le cromagnon
le sapiens sapiens
se présenta
en savant sachant tout savoir
(sauf le reste)
quand le patriarche sortit de sa taverne
pour chercher femme en sa caverne
le Pierrafeu l'Ulysse de Joyce
l'Homer Simpson
quand Mack the Knife croisa le fer
avec Fifi Brindacier
quand nous eûmes l'homme sans qualités
le tout blanc du bec au popotin
le recteur de la rectitude
quand on fit les enfants de la diversité
et pour les vêtir les couleurs de Benetton
et pour les loger la tour de Babel
et le World Trade Center
et nous eûmes les faux cils
de l'énergie fossile
et aussi des écrivains lettristes
lettrés tristes
et d'autres plantigrades
des dicotylédones mais
trop verts pour savoir marcher
qu'on peut de nos jours identifier
(grâce à l'appli *Seek*)
quand on sait où on se cherche
des racines
où on est sur la planète

(où en étais-je)
par exemple au pied des Alpes grandioses
au ras des pâquerettes
qui sont des étoiles
aux yeux des champignons

COMMENT VIVENT
LES POÈTES

Apollinaire est grippé
la pauvre Uguay se meurt
Bukowsky passons

j'ai une amie polonaise
qui téléphone la nuit
à des portraits aux murs
d'une galerie d'art

Lenny *everybody knows*
Louise pleure son chat
Artaud capote si ça c'est vivre

Brault le solitaire aime à dire
bonsoir la visite

AVEC KAFKA

j'ai faim d'avoir faim
se dit-il
en *artiste de la faim*
de pages qu'il fricote
d'une main *braoule*
tragicomique
en fait tout un plat
c'est un ascète il aime
avoir faim
sans but sans fin
ne rien manger pour la forme
mais pour le fond seul
sans fond ni forme de la vie
fait grève de grives
fait la faim nourricière
n'est pas dans son assiette
s'enfarine pour l'ortolan de passage
dans sa ruelle d'or
ira jusqu'à
des mouvements gastriques
de grandes orgues de borborygmes
pour les badauds
feindre
de n'avoir pas faim
du tout

CHOUETTE

la poésie me vient
sur un nuage ou dans un fossé
comme on serait mort
au soleil ou dans la lune

comme on respire
la poésie me va
en rêve ou dans la déprime
s'en va et me revient

m'emporte comme on soupire
dans les bras d'un amour
dans les branches de la nuit

COUINÉ-JE
PHILOSOPHIQUEMENT

quid le temps Augustin
vous dira qu'il y perdait son latin
in illo tempore

le temps des cerises
la Madeleine à Brel
la fin des haricots

les souvenirs étant l'avenir
à reculons
de l'humanité on a besoin d'images
pour l'appétit du bonhomme
dans le gâteau des rois

de blé à égrener de pois à écosser
de miettes

dans l'émerveillement
de l'affamé devant sa pitance
le temps

d'un craquelin

DANS LE HULA-HOOP
DU CŒUR

comme Saturne dans ses anneaux
je suis au gym
dans mon poème

dans mes années je chante
les lendemains qui chantent
le futur antérieur

chanteront chantèrent
auront fait ça

j'ai le tournis tel un cerceau
le temps passant et repassant
en même temps que mes exercices
d'assouplissement

QUELLE LANGUE PARLES-TU

le genre genré le non-binaire
l'à joual donné l'autre joue
le parler pointu le marmonné
le normatif le transformatif
le putatif la contumace
le dingo le verlan
le tag le morse le braille
le malaisant *speak white*
l'alexandrin du Rodrigue au grand cœur
le racisé correct le *woke* le wolof
le WTF l'OMG l'émoji juvénile
le ciselé le tranchant le cru la baboune
le m'as-tu vu le karaoké l'entendu
le vermoulu
le moldu de Harry Potter
l'articulé désarticulé
le mâchouillé croqué craché
le manger mou
le *tséveudzire*

UNE FORME DE YOGA

> Chaque fois qu'il s'agenouillait devant
> l'autel et qu'il se relevait, ses genoux
> craquaient. Ce craquement de genoux,
> c'était de la belle musique d'église.
>
> Annie Dillard,
> *Apprendre à parler à une pierre*

comme l'érable argenté aux bras grand ouverts
porte le firmament dans ses mains dentelées
la matière grise de la pierre abrite
notre vie intérieure

lueurs et petits bruits

DES SIGNES

l'insigne soleil
s'amuse des clins d'œil
de la lune

nœud dans le bois
foie de poulet
perle à l'oreille

ne fatiguez pas vos méninges
les signes travaillent à votre place

quand des anges passent
dans le bleu de la neige

là où des mésanges
pépient

LE COMPAS DANS L'ŒIL

le chantier ouvrait tôt
le monde dormait tard

fallait porter des casques
contre les ovnis
et des écouteurs bouchés
contre la musique des scies
la mitraille des clous

le heavy métal
des ordres et contrordres

les mots criés
par-dessus les moteurs
crachotant comme de l'encre
de Chine

pour ne pas se marcher sur les pieds
fallait courir

monter dans la grue
pour la vue
sur la rue

nettoyer les fenêtres de l'atelier
de Roland Giguère pour voir
ce qu'il fabriquait

bégayer l'amour
avec un grattoir

clouer la journée à la petite semaine
fatiguer le soir comme du plâtre

rêver en bonhomme Sept-Heures
de châteaux de sable

et lampées de whisky blanc
pour traverser la lumière

TÊTE FOLLE

je n'en ai jamais fait qu'à ma tête
et voilà qu'elle se décroche
déboule et glisse
sur mon ventre rebondi
et comme au saut à ski s'élance
puis atterrit
en boulet à mon pied

et j'allais oublier que
j'ai tendu la main pour attraper
la tête au vol
mais j'ai perdu
un bras

privé de mes yeux
j'ai espéré qu'une autre main
tombe pile sur l'occiput
pour une caresse
ou casquette

déveine de l'âme
le sang me dégouttait du bras
comme d'un bout de tuyau
pour me rappeler le supplice
d'avoir un corps
pas d'assiette à la Picasso
nul ressort

au jeu des osselets
mes vertèbres pariaient

sur mes quilles vacillantes
afin qu'elles me portent
jusqu'à des béquilles

plus haut
que loin

COMME JE T'AIME

quand tu prends ta tête entre tes mains
comme une boule de cristal
quand tu me cherches
je fais l'enfant
dans tes yeux de fée

quand l'eau du diamant
brille dans le diamant

quand l'humour
sauve l'amour

quand tu souris
je ne suis pas loin
de nous

POCHADE

si un jour je m'enfarge
dans les fleurs du tapis des apparences
j'aurai une petite pensée pour les lueurs
dans les pastels du vieil Horace Champagne
perdant la lumière de ses yeux
devant les petites fleurs des champs
de sa campagne

SECRET PARTAGÉ

avec Buster Keaton

la poésie est le sixième sens
que les dieux magnanimes confèrent
aux parfaits idiots

DÉCONSTRUCTION DE L'HUMOUR DE MON PÈRE

c'est l'histoire de la dame
qui entre dans un magasin et demande
une robe de maison
et le vendeur lui demande
la taille de sa maison

je ris puis je ne ris pas
le vendeur est moqueur et la dame
froissée

certains jours cependant moi-même
j'ai un corps de masure

le bardeau qui manque
la souplesse d'un deux par quatre

jeune je voulais être architecte
j'aligne des phrases comme des planches

entrez maman

PAPY QUE FAIS-TU DANS LA VIE

je fais mon possible
comme la chanteuse dont j'oublie le nom

je place des mots
comme on fait sécher des fleurs
entre les pages d'un livre

pivoine
est un mot que j'oublie souvent

je fais mon possible pour me le rappeler

pivoine
pivoine
pivoine
pivoine
pivoine

colorée vivace ample et capiteuse
elle vous salue bien bas
Sam et Manu

CROISANT SYLVIA PLATH
À WEST HARWICH

dans le sable de ses pas

j'aime la jeune en elle
qui n'a jamais su jouer qui voudrait
savoir qui elle est et écrire
de belles choses
et en vivre gagner
sa vie

qui a peur de son ombre
comme du loup
qui la suivrait partout
dans les décombres des contes
qu'elle se raconte
comme autant de vérités

je salue la petite en elle
qui n'aura jamais su jouer
à la marelle

sauter à la corde magique
du ciel vu de la terre vue du ciel
dans les yeux de son père

s'élancer
dans l'air salin
légère et sylphe tel
un oiseau blanc

volant de badminton de l'hôtel Belmont
où elle sert les vieux clients

DANS LE CHINATOWN
DE SAN FRANCISCO

gongs tongs poteries loteries soieries lanternes

les vieux temples cornus sont à l'étage
est-ce à cause des rats des blattes
des restos du général Tao
que les dragons survolent

où sont les poètes ivres
qui fréquentaient la librairie des City Lights
le bar de danseuses en face est placardé
au petit musée des beatniks
la poussière des années sur l'auto de Kerouac
repose comme neige grise

FIN DE PARTIE À BEIJING

dans le *hutong* (ou ruelle) des badauds (j'en suis)
sur leurs pliants le quarteron de barbes grises
joue au mah-jong jetons peints de symboles
(je ne connais pas les règles du jeu)
tandis que des moineaux (ou pinsons) pépient
depuis les tuiles des maisons miniatures
de la ruelle (ou *hutong*)

en un *ha* guttural et prolongé
l'un des observateurs salue en mandarin
(pékinois) l'heureuse combinaison
des quatre vents (ou des bambous)
dans le jeu du fumeur (aux doigts jaunes)
qui vient de faire un *kong*
(c'est un carré dans mon *Routard*)

le vieux qui a perdu ses jetons
(ses yuans) crache
sur le pavé une méchante salive
(c'est aussi la vie) grasse iridescente

TROIS SIGNES DE VIE
DANS LA RUE

Lincoln sur le sou vert-de-gris
que je ramasse a la tignasse
d'un Martien queer

un souriceau émerge
de la bourre d'un vieux sofa
frétille du museau

fiché sur un piquet de clôture
un gant de bambin
m'envoie la main

CE JOUR-LÀ DES FIFTIES AUGURAIT

d'après la datation au carbone
de mon tricycle aux traces de polychromie
rémanentes
depuis presque aussi loin dans le temps
que la Vénus de Lespugue
dans son ivoire
on est dans les fifties

on est le dimanche des rois
au temps des Platters et du petit joufflu
aux quatre fers en l'air dans sa paille

on attend les fameux mages à venir
des quatre coins de l'Éthiopie (ou de l'Arctique)

au salon les couvertures bigarrées
sont tendues sur les chaises
en tentes bédouines (ou innues)

les enfants jouent comme dans un poème
de Saint-Denys Garneau

on est le jour du matou grimpé dans le sapin
faisant tomber l'étoile magique
et l'arbre avec

BORDERLINE

regardant les bulles plates
glisser à l'écran
dans une jonglerie d'électrons
roses bleus vert pâle
se frôler comme au billard
s'entrechoquer silencieusement
rebondir impavides
frapper aux quatre bords
du dedans d'un jeu de lignes
s'entrecroisant
aléatoires et de l'obscur
dehors du cadre s'inversant
pour donner sur le participe présent
des choses du monde
peut-être moins instables et
à sauvegarder

LE FANTÔME DE PROVENCE

c'est comme rien je pressens
je suis sûr qu'il pense à moi
le type

quel type

et qu'il nous sait frères
oui
comme je te parle
je le sens là

et pourquoi donc penserait-il à nous

tu me connais j'ai toujours pensé
qu'un jour
quelqu'un me verrait
j'aurai espéré du moins
comme un arbre aux grands bras
et puis non

allons mon frère tu as des visions

quelqu'un je te jure
pense à nous

où ça

c'est qu'à peindre des étoiles
pour m'en rapprocher
les prendre dans la main
cela m'arrive

et décrocher la lune pourquoi pas
mais tu rêves
réveille-toi

voir plus loin que moi
et la tristesse du monde
comme un carrousel
de chevaux dans le ciel

mais qu'est-ce qui t'arrive
mon pauvre

il m'arrive que le type arrive
il est là
il voit dans le noir
du vent
de la lumière

ce n'est que le mistral
ou la tramontane

personne ne t'aura montré à voir la nuit
sauf ce type je te jure

ce n'est jamais que toi mon frère

je le vois
de mes propres yeux
sur mon lit ma chaise
l'œil grave et soucieux
que j'ai manqué

d'amis sincères
de femmes aimantes

mais toi as-tu seulement aimé

les tournesols ne m'ont pas déçu
ils brunissent et reviennent en feu
d'année en année
regarde le jaune c'est une belle douleur

couleur tu veux dire

c'est pour ça que je lui fais
dix douze vingt cent fois
le visage en jaune à ce type

je suis ton frère Vincent
je t'aime

mais tu ne vois pas le type
tu ne vois pas dans ses yeux
aussi loin que moi
ce qu'il voit dans mes couleurs
comme toi Théo tout près
le type
qui pense comme un malade
à moi
dans le jaune

L'AVENIR

certains le lisent dans le tarot
dans les lignes de la main

dans les yeux de leur amour
dans un poème parfois

dans les feuilles de thé
dans leur agenda

dans la météo le temps qu'il fera
pour eux

les jeunes dans leurs réseaux
labyrinthiques

les beautés dans leur beauté
du samedi soir

les ronds-de-cuir
dans un rêve de voyage de rêve
improbable et de vues
imprenables

le vieillard scrute
la texture et la couleur
de ses selles

FÉVRYER

l'écureuil dans la cour
monte récupérer son croûton
dans un Y de l'hortensia

CORNE DE BRUME

dans la douleur d'aimer depuis les ouananiches
toutes les langues salivent captives
des lacs d'eau douce

qu'il est difficile d'aimer
brame Vigneault
d'une voix éraillée
par le sel de la vie

SIFFLER DANS LA NUIT

rien ne revient
de l'amour rien que des mots
nous viennent

clavier des songes
cris d'oies sauvages

singing in the rain

chevauchées
ô Dulcinée

rencontres
si affinités

OÙ NOUS RETROUVER

si je fuis la solitude
en ton absence

si tu me cherches
dans mes manques

NOUS PROMENANT
DANS LE BAS DU FLEUVE

marchons sur la grève à Saint-Siméon
avec Jacques cherchant
(c'est un trouvère)
des bois flottés pour ses sculptures

nous arrêtant ici et là
pour la parlotte
la jarnigoine

qui était Siméon
qui sait

au large des cargos s'annoncent
et dans notre dos des moteurs
répondent

et ainsi de suite
aime-t-il à dire

galets tapotés par le clapotis de l'eau

petite famille au parasol bariolé
seau pelle
carcasse de crabe écrabouillée
bouteille échouée pas de message

souche renversée
aux racines lavées noircies
tentaculaires

il a les doigts longs comme ça
pour saisir
ne serait-ce que le rien
de tout ça

SORTIE MÉLANCOLIQUE

tu passes ton temps dans les poèmes
sors-en me dis-je

prostré
sur un banc du centre commercial
devant une vitrine
où des mannequins griffés vous annoncent
Magie Mauve
le pitch de l'automne

tu rentres griffonner quelques lignes
dans ton vieux fauteuil grinçant
écrire en escogriffe
des trucs seyants

cramoisis tendance
pour le passant

DANS LE CIEL UN TEMPS

le reflet de la lune
sur l'aile argentée du Dreamliner
nous oriente

AU PÈLERIN

jamais tu n'iras plus loin
que tout près
traîner la patte de ton ombre

CE POURQUOI HERGÉ
L'AIMAIT

qui ne rit de la voir
si inquiète en son miroir
la Castafiore

tandis que la foule méchante
opulente et désopilante
glousse et toussote

la Castafiore est à la voix
ce que Tournesol est à la surdité
et Haddock aux vociférations

la Castafiore nous ouvre grand
son cœur naïf

chaste fleur

DE JEUNES FEMMES

z'ont la poésie dans la peau

scarifiée à la lettre
sacrifiée aux dieux de l'épiderme
sertie de lettrines chinoises
de hurlements
de serpents
léchée de flammes
de cœurs fléchés
ou de mains de Fatma

ou prénom de l'amoureux
mais plus risqué

POÉSIE C'EST

d'avoir rêvé à la folie d'aimer
qui nous arrache à l'amour
en pétales de marguerite
que vivre lance à la volée

UN INTÉRIEUR

le vin est bu jusqu'à la lie
le pain sur la planche
est rassis

sur la desserte
les fleurs offertes à quelque amour
sont fanées

dans le tableau au mur
sur une table
la nature est morte

tel un cendrier
on a pris de l'âge
comme les rideaux
sentent la fumée

ORAISON FENÊTRE

quand t'as plus rien
pour le voyage
que de l'âge

laisse la clé de la saison
sous le tapis volant
des aurores

garde l'œil sur
la lueur à la croisée
de l'âme

AMORE

manchot je suis
loin de tes bras

LA VÉRITÉ EN PERSONNE

ne trouve personne pour la saluer
chacun la côtoyant à sa façon

a beau faire soleil
venter pleuvoir

donne de beaux paysages
fruits et légumes

ne sait comment s'y prendre
pour apprendre à chacun
à n'y rien comprendre

donne donne

a beau séduire

donne son corps à la science
donne sa langue
et son savoir et ses saveurs
au chat d'Alice

donne son peu
à ceux qu'elle enrichit
et tout
est à recommencer

SALUT

pas deux poèmes pas deux crapauds
pas deux orteils
pareils

pareillement pas deux personnes
pas deux moments

pas deux ciels pas deux étoiles
pas deux brins d'herbe

ô lecteur on t'aime pareil
ô lectrice pareillement sœur

RECONNAISSANCE

Merci à Nathalie pour l'accompagnement, les conseils et les encouragements, et à Jacques pour sa lecture généreuse et méticuleuse du manuscrit.

À la mémoire de l'ami François Ricard.

NOTE

Sous une forme parfois différente, certains poèmes ont paru dans les revues *Liberté*, *L'inconvénient*, *Poésie* et *L'Action nationale*, ou ont été lus à Québec, aux *Poètes de l'Amérique française* de Guy Cloutier, que je remercie, et sont disponibles sur le site *uneheureaumusee.ca*.

Page 70 : quand j'ai écrit ce poème, je n'avais pas encore vu le beau film de Julian Schnabel, *À la porte de l'éternité*.

POSTFACE

L'œuvre de François Hébert saisit à bras-le-corps la mort, qui pour lui est une voie d'accès au sacré. Il a d'ailleurs consacré à cette dimension de l'existence une thèse de doctorat : *Triptyque de la mort : une lecture des romans de Malraux*, publiée aux Presses de l'Université de Montréal en 1978. La même année paraissait son premier recueil, *Barbarie*, avec un frontispice de Roland Giguère. Les grandes questions qui ne cesseront de le hanter y sont posées : « Mais où aller, et comment ? Il se le demande encore. » Il n'a jamais arrêté d'écrire ensuite. Dans les poches de ses vestes, on trouvait toujours au moins un stylo.

Membre du comité de rédaction de *Liberté* pendant 22 ans, il a dirigé cette revue de 1986 à 1993, période durant laquelle elle s'ouvre à la littérature étrangère. Ses essais *Montréal*, en 1989, et *Pour orienter les flèches*, en 2002, le présentent en fin observateur de la ville et de la nature. J'aime à penser que lorsqu'il a pris ses distances avec la revue, puis avec la carrière professorale, l'œuvre se fait à la fois plus dégagée et plus sagace. À sa retraite, après 34 ans d'enseignement à l'Université de Montréal, il s'affirme en grand poète. Le recueil *Comment serrer la main de ce mort-là* inaugure en 2007 le cycle de la dualité entre la vie, naturelle ou culturelle, et la mort, en tant que cette dernière reste le moyen privilégié d'explorer le mystère de notre présence sur terre.

Rare, chez lui, la vie sans la mort, avec son humour espiègle, par exemple sur un air des Beatles dans le poème «Mai 68». Ici, la nostalgie exubérante de ses années de jeunesse ne doit pas nous faire oublier que c'est à la mort qu'il entend serrer la main:

> ô mort ô Tourgueniev ô première amour
> Orphée ô Ringo Starr
> *I wanna hold your hand*
> [...]
> *your ha ha haaaand*

Qu'il revienne sur des airs de musique ou des lieux fréquentés, qu'il nous parle du génie propre à chaque artiste, des peintures qu'il a regardées dans les musées au cours de ses nombreux voyages, toujours se remarque dans l'œuvre une attention portée aux détails. Il travaillait en miniaturiste, très vite par agencement des mots et composition des phrases, puis en resserrant au fur et à mesure que la matière s'organisait, révélait des affinités. Comme il l'avait fait avec sa mère pour ses devoirs de grec ou de latin au Collège Stanislas, il revenait vers moi avec une nouvelle version du texte en chantier dont il prenait plaisir à discuter. Tout comme il avait été un professeur exigeant, apprécié de ses étudiantes et étudiants pour ses cours sur l'alchimie, les mythes anciens et modernes, la diversité des genres, des thèmes et des registres dans le texte littéraire, il excellait à combiner différents plans langagiers dans ses créations.

Pas plus qu'il ne s'était retiré dans sa tour d'ivoire universitaire, il n'a cherché à écrire pour les quelques heureux privilégiés. Ainsi accepta-t-il un temps de participer à des slams. Il avait du mal cependant à saisir pourquoi on ne comprenait pas ses jeux de mots pétris de références culturelles. Atypique, il avait accepté à la longue d'être incompris, mais cela ne faisait que renforcer sa détermination à poursuivre son œuvre, servie par une maîtrise exceptionnelle du français. La joie de se sentir accueilli par les jeunes poètes ne l'empêchait pas de les admonester, au moment de souligner les dérives de la consommation (médiatique), de la pollution (des océans) ou de la langue (« le *tséveudzire* »).

Partout dans les poèmes, l'amour du sacré, l'amour de la vie et l'amour tout court se rejoignent et se font des signes. Dans *Comment naître* en 2020, le fils qui est venu se recueillir quelques mois plus tôt sur la tombe de sa mère s'interroge avec mélancolie :

De saison en saison, des noms sur
de banales plaques commémoratives
descendent lentement rejoindre
leurs répondants muets, dans
l'inaudible fracas des plaques
tectoniques des profondeurs
de l'amour.

Avant ce texte, qui dénoue la parole sur ce que nous fait personnellement la mort, il n'avait communiqué en poésie avec sa mère disparue en juin 1960 que par le souvenir de son enterrement ou par le truchement d'un « Post-it » qui, à ma connaissance, fut son premier musée du soleil. Le plus souvent, il avait recours à l'imagination mythique pour la revoir à travers le motif de la sortie des enfers, façon pour lui de ramener l'aimée sur terre : Dante et sa Béatrice, Orphée et Eurydice (dans *L'Orfeo* de Monteverdi surtout).

Sa profonde méditation sur la mort ne nous empêche pas d'observer que le plus important pour lui reste la rêverie anthropologique sur le cosmos, comme lorsqu'il s'imagine en poisson de Miguasha, l'Elpistostege watsoni, ayant vécu près de quatre cents millions d'années avant notre ère. Avec ses os et son crâne, le vertébré est en marche vers l'évolution, entre eaux et terres.

D'où viens-je et où vais-je, dans la chaîne qui va du Big Bang aux enfants qui jouent dans un parc de Montréal, sont des questions qu'il continue de se poser entre décembre 2018 et mars 2022, période de composition de son ultime recueil de poésie, *Si affinités*.

Il disait vouloir « faire de l'amour toujours » avec les mots et les artefacts. Son prénom franciscain l'y prédestinait. Amour de la nature, qu'il a chanté à travers diverses espèces : arbres, fleurs, chevreuils, chats, oiseaux, papillons… Pour mieux parler de ces êtres vivants, il se livrait à des marches tortueuses, que le mot « crapahuter », dans un grand nombre de ses écrits, rend si bien.

Avec les enfants, il adorait rire et jouer, libre et insouciant. Lui-même s'est adonné au plaisir des vocalises et des phrasés. Il composait joyeusement, par exemple lorsqu'il se voyait « Dans la loge de Pavarotti » pratiquant le fameux « *Volare* » des *Poèmes de cirque et circonstance* en 2009.

La beauté du chant, l'harmonie de la danse, la vision de l'artiste réparent le monde, tandis que l'humour agit comme remontant de l'âme, et que la force de l'amour permet d'exorciser le mal-être que nous inspire «la vilaine». Si, dans le recueil *Où aller* en 2013, on le voit «en train d'enguirlander le vieux néant», c'est «afin que bourdonne le monde».

Il aimait parcourir les contrées lointaines pour y gravir de nouveaux sommets. Ainsi Frank, le protagoniste de son dernier roman, doit-il redescendre sur les fesses une pyramide maya, ou bien l'homme engagé dans «L'escalier d'Amalfi», en quête d'un cimetière, se chante-t-il *Volare*

> pour aboutir en haut dans une impasse
> m'asseoir sur la dernière marche
> boire un peu d'eau

Même s'il la cultivait pour écrire et créer, il craignait la solitude. Dans *Comment serrer la main de ce mort-là*, il se présente sous les traits de l'oiseau «inséparable». Dans *Où aller*, il ne veut pas s'éloigner du «sourire éperdu d'absolu» de sa blonde. Le thème de l'amour est creusé au fil des ans, pour nous donner de magnifiques poèmes et un grand roman, *Frank va parler*, en 2023.

Dans *Si affinités*, il se place sous le patronage de Pessoa: «Tout est si peu», tout en exprimant son mécontentement envers Dieu. Il se voit en papillon ou en oiseau et observe le jeu des enfants. Il revient sur sa jeunesse, qu'il situe dans le Cape Cod des années 1960. Il a des visions pénétrantes de Shakespeare, de Van Gogh, de Kafka, et apporte un nouvel «Éclaircissement» sur la mort dans la vie:

sans la mort dans l'âme
la vie n'est pas drôle et l'espérance
est vaine

Les personnages du professeur et du poète n'empêchent pas l'homme de tous les jours de s'exprimer avec une simplicité désarmante :

or nous n'ouvrons la porte
qu'à qui nous ouvre
son cœur

Suivant l'alternance de formes chère à l'esprit raffiné de cet homme sensible, les poèmes longs sont de haute voltige et les poèmes brefs servent la lyrique amoureuse.

Le recueil place ainsi tout son talent d'écrivain au service du recueillement et des manifestations précaires de la vie, comme en témoigne un poème de deux vers, sobrement intitulé « *Amore* » :

manchot je suis
loin de tes bras

Un autre poème de quatre vers s'inquiète de l'étau qui se referme sur les amants. Le titre, « Où nous retrouver », participe au fonctionnement textuel :

si je fuis la solitude
en ton absence

si tu me cherches
dans mes manques

Depuis 1993, les périodes où il créait des collages et assemblages paraissent comme des remparts contre le désœuvrement, au moment où un texte vient de se terminer ou de paraître. Fabriquer des personnages humbles, émanant de la poésie du cœur, à partir de matériaux industriels recyclés, requiert une concentration soutenue. Les «breloques et reliques» reviennent sur les grandes questions qui traversent les écrits: où aller, quel dieu prier, quelle confession risquer, questions qui trouvent des éclaircies en la représentation d'êtres qu'il a connus ou qui sont passés par son musée imaginaire. Les 82 pièces présentées à Montréal du 29 novembre au 6 décembre 2023 à l'Atelier Galerie 2112, représentatives du chemin parcouru dans les trente dernières années, font des clins d'oeil amusés à des icônes de la vie artistique ou littéraire, s'interrogent sur des comportements animaux et humains, de même que sur la vie supraterrestre.

En parallèle, il travaillait avec Marc Desjardins à la réédition de son *Élan de l'écrevisse*, composé de 46 poèmes et de neuf dessins de Jacques Brault, un recueil jusque-là à tirage limité qui sera bientôt plus largement diffusé au Temps volé.

Tournons, en terminant, une page de son grand roman d'ombres et de lumière, auquel tous les jours, durant quatre ans, il a consacré un véritable travail d'orfèvre. Par-delà l'autofiction, *Frank va parler* orchestre un bilan de vie fantaisiste, une songerie merveilleuse, un hymne à l'amour, à la nature et à la culture, d'une vérité poignante et d'une complexité romanesque époustouflante. La fragilité humaine en est la principale ligne de force.

Trop vite, trop jeune, tu es parti, et ta présence nous manque terriblement, mais tu demeures, aimant et aimé, avec ton sourire profond, étincelant, qui sait si bien rendre ses couleurs au monde, éclairées par la musique d'un cœur. Il nous reste à suivre l'envol de tes oiseaux et à lire ou à relire ton œuvre bientôt complète, dans la diversité des genres, des contenus et des registres que tu as pratiqués avec une souplesse inouïe, ce qui confère à ton art sa cohérence singulière et sa beauté inconditionnelle.

Nathalie Watteyne
Montréal, août 2023

TABLE

La porte 9
L'échange 10
L'horizon est une corde à danser 11
L'étrange Shakespeare 12
Une théorie (assez simple) de l'arbre 13
Voyez le cardinal 14
Soyons sérieux 15
Pour dérouler un songe d'Anne Hébert 16
La fin de Jonas 18
À l'école de la vie 19
Vu à la télé 20
Windigo 21
La vieille église 22
Giorgio de Chirico vers 1913 23
Que 24
Envolée lyrique 25
Cape Cod 1960 26
Les actualités 27
Dans le parking du macdo 28
Éclaircissement 29

L'amiral des ruisseaux 30
L'offre du jour 32
Gagner sa croûte 34
L'exposé 37
Bref poème 44
Quand l'histoire voit le jour 45
Comment vivent les poètes 47
Avec Kafka 48
Chouette 49
Couiné-je philosophiquement 50
Dans le hula-hoop du cœur 51
Quelle langue parles-tu 52
Une forme de yoga 53
Des signes 54
Le compas dans l'œil 55
Tête folle 57
Comme je t'aime 59
Pochade 60
Secret partagé 61
Déconstruction de l'humour de mon père 62
Papy que fais-tu dans la vie 63
Croisant Sylvia Plath à West Harwich 64
Dans le Chinatown de San Francisco 65
Fin de partie à Beijing 66
Trois signes de vie dans la rue 67
Ce jour-là des fifties augurait 68
Borderline 69
Le fantôme de Provence 70
L'avenir 73
Févryer 74
Corne de brume 75
Siffler dans la nuit 76
Où nous retrouver 77

Nous promenant dans le Bas du fleuve 78
Sortie mélancolique 80
Dans le ciel un temps 81
Au pèlerin 82
Ce pourquoi Hergé l'aimait 83
De jeunes filles 84
Poésie c'est 85
Un intérieur 86
Oraison fenêtre 87
Amore 88
La vérité en personne 89
Salut 90

Reconnaissance 91
Note 93
Postface de Nathalie Watteyne 95

DU MÊME AUTEUR

Aux Éditions de l'Hexagone

Anthologie de la littérature québécoise, tome II, vol. 3, 1895-1935 : Vaisseau d'or et croix du chemin, avec Gilles Marcotte, 1994 [La Presse, 1979]

Les pommes les plus hautes, coll. « poésie », 1997

Comment serrer la main de ce mort-là, coll. « L'appel des mots », 2007 ; finaliste au prix Alfred-DesRochers et au prix Québecor du Festival international de la poésie de Trois-Rivières

Poèmes de cirque et circonstance, coll. « L'appel des mots », 2009

Toute l'œuvre incomplète, coll. « Écritures », 2010

Où aller, coll. « L'appel des mots », 2013

Des conditions s'appliquent, 2019

Chez d'autres éditeurs

Triptyque de la mort. Une lecture des romans de Malraux, essai, Montréal, Les Presses de l'Université de Montréal, 1978

Barbarie, poésie, frontispice de Roland Giguère, Montréal, Estérel, 1978

Holyoke, roman, Montréal, Quinze, 1979

Le Rendez-vous, roman, Montréal, Quinze, 1980

Histoire de l'impossible pays, fable, Montréal, Primeur, 1984

Monsieur Itzago Plouffe, récit, Québec, Le Beffroi, 1985

Le dernier chant de l'avant-dernier dodo, apologues illustrés par Anne-Marie Samson, Montréal, Éditions du Roseau, 1986

Les Anglais, théâtre, Québec, Le Beffroi, 1987

Montréal, essai, Seyssel, Champ Vallon, 1989

Vous blaguez sûrement…, correspondance avec Jacques Ferron, Montréal, Lanctôt, 2000

Pour orienter les flèches. Notes sur la langue, la guerre et la forêt, essai, Montréal, Trait d'Union, 2002; finaliste au prix Spirale Eva-Le-Grand

Dans le noir du poème. Les aléas de la transcendance chez quelques poètes québécois, études, Montréal, Fides, 2006; finaliste au prix Jean-Éthier-Blais

J'partirai, choix et présentation de cent poèmes québécois sur la mort, Montréal, Éditions du Passage, 2009

La Danse des Lumières, narration et poèmes pour la Fête des Lumières, Lyon, Arte LIVE WEB, 2009

Signé Montréal, essai, avec les visuels de Moment Factory, Pointe-à-Callière, Musée d'archéologie et d'histoire de Montréal, 2010

L'élan de l'écrevisse, poèmes accompagnés de dessins de Jacques Brault, Montréal, Le temps volé, 2010; rééd. avec préface et apostille, 2023

Miron l'égarouillé, études, Montréal, Hurtubise HMH, 2011

De Mumbai à Madurai. L'énigme de l'arrivée et de l'après-midi, récit, Montréal, XYZ éditeur, 2013

L'abécédaire des Demoiselles d'Angrignon, textes et collages de l'auteur, Saint-Lambert, Les Heures bleues, 2014

Faut-il donc offrir des morts aux fleurs, poèmes accompagnés de dessins de Jacques Brault, Montréal, Le temps volé, 2016

Miniatures indiennes, roman, Montréal, Leméac, 2019 ; Prix Arlette-Cousture

Est-ce qu'on s'égare ?, textes et lettrines de Jacques Brault sur des collages de l'auteur, Montréal, Le temps volé, 2019

Comment naître, poèmes avec huit collages de l'auteur, Montréal, Le temps volé, 2020

L'usure des choses. Collages de François Hébert / Bois trouvés de Jacques Brault, catalogue d'exposition, chez les artistes, 2011

Frank va parler, roman, Montréal, Leméac, 2023

Les maladies bizarres, chroniques, à paraître

Traductions

John C. Gardner, *Morale et fiction* (*On Moral Fiction*, 1978), traduit de l'anglais (États-Unis) avec Marie-Andrée Lamontagne, Les Presses de l'Université de Montréal, 1998

Arundhathi Subramaniam, *Quand Dieu voyage* (*When God is a Traveller*, 2014), traduit de l'anglais (Inde), à paraître

Cet ouvrage composé en Minion a été achevé d'imprimer au Québec
en septembre deux mille vingt-trois sur les presses de Marquis imprimeur
pour le compte des Éditions de l'Hexagone.